JN122794

現代・北陸歌人選集

渋谷代志枝歌集

雨の音　風の声

ミヤマリンドウ

シロバナタテヤマリンドウ

コマクサ

タテヤマアザミ

歌集「雨の音　風の声」に寄せて

米田憲三

ポケットの心臓薬を確かめて挑むタテバイ剱岳(つるぎ)の鎖場
風を聞き岩を踏みしめ天仰ぎ札幌の娘に登頂メールす
「下見るな」天から降りし夫の声　この高度感が快感なのよ

この歌集の著者、渋谷代志枝さんが仲間の林田昌生氏の紹介で原型富山歌人会に入会したのは平成七年である。まだ現役の教師として多忙な生活を送っていたこともあったか、歌会への参加も少なく正直に言って強く印象に残ることはない。それが暫くして同十五年前後だったろうか、いよいよ本気になって作歌と取り組み始めたことがはっきり分かった。火が付いたのである。全国誌「原型」にも入会し、登山詠を盛んに詠み始めている。

このときになって私は彼女が豊かな登山歴を持つ人物であることを知った。これまでわが仲間の誰もが詠み得なかった世界、これをこそ貴女は存分に詠むべきだと大いに勧めた。それで冒頭にあげた作品が生まれた。これを初めて見たとき思わず喝采の声をあげた記憶がある。余人が踏み入れない世界を持つ個性の発見と言える。

　著者は金大に入学して間もなくワンダーフォーゲル部に入部し登山を始め、夫君茂氏との出会いも薬師岳の太郎小屋と聞く。渋谷茂氏といえば富山県自然解説員（ナチュラリスト）の草分け的存在で、日本山岳会富山県支部前副支部長。著書に『愛山記』『富山　とっておきの33山』『立山物語』などがある。『富山　とっておきの33山』（平成十二年刊）は茂氏が実際に登行した記録をまとめた懇切なガイドブックで、代志枝さんは33山の多くに同行されている。だからこの夫妻の登山歴の豊かさが想像されよう。歌集には北海道の羊蹄山から愛媛県の石鎚山まで四十に近い山岳名が登場する。

振り向きて二人を隔つ霧雨に鈴振りて待つ夫はおぼろに
熊除けの鈴鳴らし入る芽木の山ほんとは怖いの人間（ひと）なんだけど
あえぐ吾に花を眺めるふりをして夫と子の待つ別山油坂
強霜に登山の夫を見送ればザックにかすかな母の鈴の音
亡き父は剱岳（やま）美しと書き残す今しも夕日金色（きん）に縁取る

若くして寡婦となりたる母の日々姉三人に聴く夫正座す

こうした登山家を取り巻く家族の絆の強さを感じさせる作品も多い。また父の戦中戦後を考えさせる次のような作品も重要であろう。

殴打され鴉は白と言いし父戦の記憶あわあわ風化す
酒が好き話が好きな好々爺父の語らぬ空白の日々

山岳行の作品と並んで多いのは、当然のことながら教師生活から生まれた作品である。特に僻地教育、障害児教育の体験から得たものが心を打つ。

朝ごとにメダカの卵覗く子は黒き目動くに「いのち見つけた」
すり減って芯の見えない鉛筆に漢字百列いちずに子は書く
鋭き声に雉なけど子は名を知らず山の教室一年を過ぐ
キリン折りゾウの鼻高く折り上げてサバンナの風　少年は聴く

そして退職した平成二十二年から縄文パークでの解説や縄文土器造りの普及活動などをしつつ新しい境地を切り開いている。加えて同二十四年には児童の立山登山を題材にした「立山の水」で北日本児童文学賞優秀賞（選者・那須正幹）を受賞している。

水槽に入れし手に寄るガラ・ルファは心の翳りをつんつん解す
又ひとつ替えて心を鎮めんと手のひらに書く怒ると恕す
そっと指す一手が分かれ目聡太棋聖かたわらのお茶に目をそらし　飲む
手びねりの笛焼きあげてほうほうと薄暮に溶ける縄文の音
入館者0と記して雨を聴く　縄文土器のほのかなぬくみ

結びに本歌集が多くの読者の共感を呼び、併せて著者には今後さらに歌境を深められることを期待して序文としたい。

目次

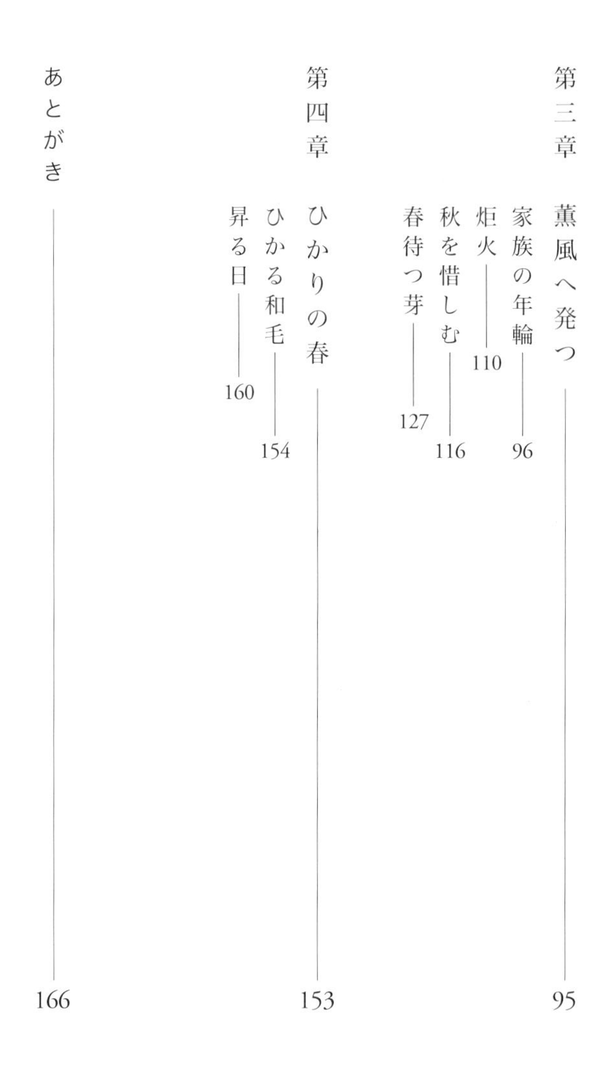

挿画 ● 桜井光子
写真 ● 渋谷　茂

渋谷代志枝歌集

雨の音　風の声

第一章　山靴のうた

シャガ

立山

雪の大谷

見上ぐれば白き岸辺に空色の川の流るる雪の大谷

雪壁に指で書かれしメモリーサイン　ハングル・台湾・小さく漢字

足元にカメラマン集め誇るやに岩場の雷鳥四方(しほう)を睨む

雪原に腰まではまり抜けぬのは閉じ込められし餓鬼のいたずら

初夏

青空を映す鏡の色みせてみくりが池の雪とけ初むる

弧に融けてみくりが池の蒼き水に浮かぶ雪渓　音統べる刻

夏

夕あかね緋と燃え紫紅に昏れゆきて大日(だいにち)岳動かず墨絵となりぬ

星空を独り占めせんと出る山荘　月皓皓と天地を占める

初秋

餓鬼の田に霧を透け来し白き太陽（ひ）の映りて揺るる無音の大地

星飛ぶをひとつ見つけてあと一つと仰ぎ待つ背に冷えのしかかる

弥陀ヶ原晩秋

昨夜見し星のしずくが落ちたのか餓鬼の田の水波紋をえがく

ひょいひょいと夫は下りれど滑る岩に四肢ふんばりて這うごと下る

岩掴み片足立ちに洞のぞく役の行者の静謐な像

爆音の称名滝に真向かいて紅葉に染まりわが鬱の消ゆ

冬へ

立山の仙洞杉にバス寄れば毛繕いの猿見上げ見送る

室堂は飴色の風吹き去りてチングルマ枯れ冬へ踏み出す

天の川ひとつひとつを星と知る天狗平に夫と寝転び

初雪

土砂降りに雨女かと娘の嘆く立山駅にザック濡らして

這松に雪さわさわと積もれどもみくりが池にしんと溶けゆく

「初雪に似合いますね」と声のして赤い傘さす少女はにかむ

晴れならば冬銀河見ゆと星講座　初雪止まぬ天狗平の夜

頂へ

剱岳

ポケットの心臓薬を確かめて挑むタテバイ剱岳(つるぎ)の鎖場

後一寸足の長さが足りぬのか靴底むなしカニのヨコバイ

風を聞き岩を踏みしめ天仰ぎ札幌の娘に登頂メールす

頂に四方わがものに眺むれど蒼天広く高くて深く

透明の秋空に湧く風まとい立つ頂の孤愁をおもう

「下見るな」天から降りし夫の声　この高度感が快感なのよ

地蔵岳

大池の湖面を走る雨風は駿馬群れるやに荒波立てて

振りむきて二人を隔つ霧雨に鈴振りて待つ夫はおぼろに

くさはらに紅き袈裟かけぽつねんと雨にさらされ地蔵の立てり

山道の傾りの深くえぐれるは山芋掘りし野猪（やちょ）の嗅覚

湖（うみ）青く空の青さに今日の富士白き耀き真向かいにあり

カラ松かと問うにオソ松と言い捨てて歩荷の君は林に消える

落葉松の新芽の尾根はさみどりの淡き霧なす大菩薩嶺

蔵王

霧雨にしっとり濡れいる姥神（やまんば）さま稜線にらみふんばるギョロ目

山が山をみどりがみどりを呼び合いて初夏の峰波眼下にうねる

乗鞍岳

足もとを蟻の行列幾筋も大きな獲物か黒きが絶えぬ

じょぼじょぼと滝なし流るる登山道　靴の中より応う歌あり

おのおのの歩み違えど山靴に踏まれし証し角丸き岩

そこだけが匂い立つごと明るみて黄蝶群れおり花のあるらし

ぼうぼうと耳元になる風の音こまくさ耐えて地にへばり咲く

白檜曽の老樹に若木まじりおりひとたび荒れし山よみがえる

駒草のかって一輪見しガレ場ピンクの小花おちこち咲う（わら）

岩つたう赤き小蛇は難渋す脅さず怯えず共に登ろう

丹沢塔ノ岳

被写体は美（は）しき牝鹿悠然と囲むカメラに媚びず草食む

湧き昇る霧におおわれ太陽は銀の満月　天空動かず

外（と）の霧は深い陰りをはらむ闇ヘッドランプか登りくる灯あり

山日記1

草津

牧水の見しとう滝の霧襖どうどうどうと宙（そら）ゆ音降る

空広くなぎさを歩く赤城小沼（この）　亀甲模様の水底の耀る

笹ヶ峰

落葉松にふうわりふわり猿麻桛すがた無きもの絡まり生きる

丈高き葦に囲まる木道を曲がれば先にけもの伏すやも

三徳山三仏寺

道無けど足届く岩掴む根を探り見つけし其が行者道

賤ヶ岳

雨上がりのだあれもこない萌え木山に夫のリュックの鈴と呼びあう

熊除けの鈴鳴らし入る萌え木山ほんとは怖いの人間(ひと)なんだけど

金峯山

風吹けば転がるようにのる奇岩眼前の岩壁(かべ)はわれの危うさ

描き分ける絵筆あるらし色付けし早緑・緑・濃緑なす苔

七面山

丁目石頼りひたすら運ぶ歩を白装束の信者励ます

彼岸には富士山（ふじ）の旭光通るとう随身門より読経の響く

石鎚山・剣山

若きらの鎖場登る声弾み層なす山の宙（そら）にとけゆく

神泉の水に湧きしかアサギマダラゆるりふうわり先導のごと

白山

あえぐ吾に花を眺めるふりをして夫と子の待つ別山油坂

旧五箇山街道

担ぎ来し荷より取り出す三味線（しゃみ）と笛　平の衆はのびやかに唄う

朴峠の薄の風に三味線の調べ流れて老爺の踊る

山ぶどうなめこにあけび山人は不意に消えゆき採りて戻りぬ

妙高・苗名滝

子と並び先いく夫の語りおり春蝉鳴いてつい聞き逃（のが）す

そそり立つ崖をU字に抉りつつ滝音続き時の流るる

億年の流れの穿つ玄武岩「苗名の滝」はU字より落つ

九蓋草に翅を休めし赤とんぼかすかに憩う夏と秋の気

また一つ好きな山ありしと山日記に信州飯綱(いいづな)山記して閉じぬ

旅日記1

京・宇治

鳳凰の上に止まりて睥睨す平等院の鴉の宇宙

振り返る山門奥はただに空（くう）　寂光院の秋深まりぬ

老いが老いに席を譲りておおきにと京の市バスはほっこりと行く

網繰りて掬いし池の散紅葉夕日の京の秋守る人

宇治神の〈茶加美(ちゃかみ)〉の朱印貼り足して一万五千歩旅締めくくる

金沢

幹深く松やに取りし傷をもつ名園の松　戦の証人

城内の「よさこい」聞こゆ外堀に弾薬庫跡　風に秋声

雲去りて香林坊にバスを待つ人のあふれる街は夕映え

渋滞にいら立ち降りし一団と抜きつ追われつ駅までのバス

犀星の茶をたてる水汲みしとう犀川に雨今日は激しき

わらしべのバッタ色紙に止まらせて犀星育ちし寺の守(も)り人

格子戸を入り白壁の鏡花館　初稿の文に師の朱線あり

初しぐれ「傘貸します」と三本のやさしさ乗せて路線バス行く

国上山

草を踏み訪う人のなき五合庵に良寛聴きしか鳴る風の音

「すまないね」遠慮がちなる良寛像のひざ元にある二合徳利

秋田

早朝の小雨に烟る武家通り桜並木にポストの灯る

灰色の空に染まらず藍ふかく田沢湖透きて魚影の踊る

墨染の衣に混じりスカートの素足も炭踏む火渡りの行

高山

二年(ふたとせ)を娘の住みし部屋見上げつつ宮川朝市人ごみに入る

雛御殿の庭にかがり火・鶏遊ぶいずこの姫の愛でし形見か

熊手もち女子衆（おなごし）六人かき集む背に降りかかる古寺大銀杏

飛騨銀杏はらりぱらぱらこんりんざい黄葉になり得ぬ萌黄のひかり

能登

雪割草さく尾根道は能登突端　左右に見るは波の外浦

鶯と夫鳴き交わす能登山路訪う人無きやわらびほうけて

波しぶき幾千打ちて穿つ岩軍艦島への引き潮のみち

宇奈月

月よぎる淡きさざ波うろこ雲　今宵名月足湯にて見む

祭りとてホテルのロビーを巡る獅子ゆかたの幼子泣きつつのぞく

露天湯のひとりの真夜に身をゆだね虚ろな裡の満つるを待てり

見知らぬと熱き足湯の根くらべすね赤くして抜けしは青年

早朝は女性専用「天女の湯」渓谷（たに）の紅葉を独り占めにし

霙降る足湯にひとり合羽着て屈まる老女の背なの寂しさ

若狭神宮寺

二月堂へお水を送る閼伽の井の水音ひそと地の呼吸のごと

秋色にかわれぬ鈍き錦木にまなかい高く鵙の贄あり

上越林泉寺

愛掲げど兼続着たる甲冑は荒ぶる男の意地を潜める

竹が竹打つ音ひびく毘沙門堂今年始めの記帳はわれら

鼻高く頬ふくふくと愛らしき地蔵囲みて堅香子の咲く

三井寺

三井寺の奥に密かに羽休む鳳凰ならぬ七羽の孔雀

雲透きて朧に月は見ゆれども雨の零るる冥き海境

旅日記2

諏訪大社御柱祭

降りしきる雨に集まる氏子衆法被は濡れて旗は雫す

樅巨木太き藤根の曳き綱に幾百の縄と結ばれし人

御柱ぞろりずりずり地を這うて頼れるものは氏子の人力

黄と赤のめどでこ交互に揺らしつつじりじりせり出す木落しの坂

前日の雨にぬかるみしがみつく女綱の男衆地に転がりぬ

伸びやかな木遣り唄声ざわめきを透き抜けるごと川風にのる

風ひかる

見知らぬがモノレールとう一つ箱にウイルスと共に運ばれていく

水槽に入れし手に寄るガラ・ルファは心の翳りをつんつん解す

失恋の牧水訪いし百草園もみじ祭に歌碑の鎮まる

駅ホームの噴水の湯に手を入れて手袋片やを越後湯沢に

漁終えし船守るごと若狭富士湾を望みて穏しく蒼し

叡山を下れば琵琶湖の耀る先に孤高を持して座す近江富士

姫川の源流いつしか梅花藻の花のたゆとう清流となす

蒼天の野麦峠の風ひかる楓の紅葉工女らは見ず

千すじのつらら
割けしもの倒れしものに折れしもの深雪に負けしか橅山荒ぶ

雪折れの宮島杉に鬼女宿り幹とげとげと怒りて立てり

野仏のたおやかな笑み変わらねど勿忘草の年ごとふえる

枝に添いやさしく垂れるえごの花渡りし風にかすかな薫り

「地下足袋の足が痛くて」岩踏むに亡き父の声　振り向きて見る

草の絮飛ぶを踏みゆく経蔵跡　まむし草一本緋の姿たつ

散紅葉の黄に染まりいる行者堂　役行者の風連れ訪うか

谿ぎわの木に絡まりて山ぶどうたわわな黒き実だあれもとれぬ

山肌を巡りて透きししずく凍て木の根岩さき千（ち）すじのつらら

十六夜の月

十六夜の月を見上げて帰りしに鬼っ子走るかあられ窓打つ

山頂の雲滑るごと流れ去る羊蹄山は疾き風にあり

炉を囲みじっと火を見る幼き瞳（め）　竪穴住居の暗きに浮かぶ

吾の踏みし韮の香たたせ暗き穴黄泉に続くか横穴古墳

タイ

満月は機体の真横　三日月は砂漠も極も三日月だっけ

国王の写真に並ぶ看板に「コアラのマーチ」の絵とタイの文字

幾万の祈りの民の踏みし跡レンガすり減る塔の階段（きざはし）

突然に売り子も客も直立す　国歌流れて五時の異邦人

カナダ

楓の木に砂糖の雪の降りかかる絵本の中の森を歩めり

楓伝いに隣家の屋根にかけ上がるリス軽業師瞬のたわむれ

湖の氷の厚さは神ぞ知るど真ん中ゆく自転車一台

山日記2　山岳修験学会

高野山

赤き実の鎌首もたげ挑むがに蝮草たち修験道護る

修験者の「エイ」と鋭き厄払う声結界に女人道行く

法螺の音(ね)の三度は低く高く疾く　女人高野の秋の高さよ

前導の若き山伏肌透きて闇抜けきしか双眸涼し

聖護院・天上ヶ岳

聖護院の白砂の庭の大護摩供山伏の法螺のひびき高鳴る

チャリンシャンと道浄めつつ弓・斧に続く山伏百余の行列

聖護院の庭の松越え屋根越えむと弓引き絞る　京の町中

病葉の降るぶな山を二つ越え熊笹の道は手のひらに似て

数珠を繰り読経のさなか山伏の肩に尺取（しゃくとり）虫行き場を捜す

祭の夜裸電灯鬼の翳こわごわ覗きし地獄の記憶

境内に苔の緑の広がりて木立の胎（はら）に守らるるごと

木漏れ日に賽の河原の石の上緩びし蛇は昼寝などして

参道の千体地蔵に秋風の時折り訪うてかざぐるま鳴る

おちこちに怪異な洞の杉巨木山の命の守り人なるか

大峰山・天川

峰入りの行者の白き地下足袋は縁（えん）側より発てり天川講宿

明け方の雨に草の実散るを付け行者の白き脚絆連なる

墨太き「女人結界」の門阻む夫は無事かと見上ぐ奥駆道

幹おおう闇の深みにほうと浮く月夜茸ひそと昔語りす

高尾山

先達の吟ずるような慚愧懺悔　法螺に唱和し山ふところに

禁門の水行道場踏み入りぬ素足じんじん冷気満つ岩に

結界の炎の奥の秋天を自在に飛ぶか迦楼羅の浮かぶ

山日記3

山小屋

つり橋の赤は褪せれど揺れ渡る　ダムに離れし村はすぐそこ

若き日に踏みし石いま苔むしてしるべの遺る離村倉谷

鍵開けば板の間に夜の蝋燭（ろう）の跡・大鍋の棚　小屋に息充つ

川に下り雪解け水に飯盒の米研ぎし日の新入部員

白き泡小梢高きに池めがけモリアオガエルは命滴す

諏訪の湖（うみ）

山の端に日はしずめども諏訪の湖雲をうけとめ夕焼けの色

木片に達者な墨文字赤彦の歌のいくつか諏訪の湯に浮く

木を抱き大地に立ちて眼を閉じるぶなの大樹の澪（みお）を聴くやに

牧場の雪のうねりに夫と吾のかんじきの跡つかず離れず

わが摘みし蕗の薹のあと野猿群れ舐めておりしはうららに寒し

冠着山

無辺なる天(そら)と海との碧のなかただよう小舟一点の白

信濃路は若葉もみじに萌木いろ肺の中まで五月のみどり

姨捨の棚田のり面村あげて草刈る音の天よりとどろく

冠着山(かむりき)は姨をなぐさむ花の山ほたるかずらの瑠璃てんてんと

数本の一人静の連れ立つは都のうわさする白拍子

水を張る田毎の空を見に訪うに姨捨はまだ春耕さなか

那須

頂きに腰かけ手を振り待つは夫　山は自力と那須の山道

千体の地蔵はすすきに埋もれおり赤き帽子に願いのあるに

榛名山

湖（うみ）は空映して真青にしずかなり湖畔の賑わい眼下にあれど

生きるとは身を隠すこと朴枯葉ふめば蛙は枯葉の色に

蒜山高原

通り雨あがり虹立つ敦賀道芽吹きの山は白き息する

吹き抜ける風に倒れし茅の原あすは山焼き　山路に二人

山頂に緋縅蝶のつがい舞うみかん一つを夫と分け合う

振り向けばトレイルランの若者の短パンは脇を音無く駆ける

緑の海

サクサクと枯葉を踏みてぶなの木の緑の海に分け入りてゆく

真青なる海に泳ぐはいつだったろう　波・砂・太陽記憶にあれど

羽黒山

黒き蛇石段横ぎる吉凶は羽黒三神拝み吉とす

大鷲山

関取の背をノコギリで掻きしごと幹太き松に熊の爪痕

渡り待つカメラの並ぶ小岬の青き虚空にクマタカ幻影

県境の道の駅には新潟の地酒揃うて夫をまどわす

塩の道

尾根に出でふいに志雄への塩の道能登は近しと海のきらめく

五箇山の渓の底まで紅葉して届かぬ日光(ひかり)の濃き淡き翳

立山の白き雄姿に湧く風はさみどりみどり木々萌える色

旅日記3

修那羅峠

修那羅峠(しょなら)への標識見つけ訪いたしと願えど言えず　信濃の暮るる

武具をつけ弓射る石像(ぞう)はいくさにて功をなしたか朽ちず荒ぶる

首欠けし仏は崩れ石くれに風の音きく雨の音きく

史詠みし修那羅の石の像古りぬ石の命は土にとどまる

宇奈月

霧のぼる時雨の山はけむれどもダム湖の深き碧動かず

とちの湯のダム湖の斜り六両のトロッコ電車時雨を走る

母の背にすがる子猿とくつろぎぬ比翼の碑のわき枯葉の降るに

また一つ薬増えれど他人事　旅行バックに数えしのばす

蔵王権現

五十余体蔵王権現(ざおうごんげん)像あつまりて対峙しにらむ　館内無音

炎せに髪逆立てて牙をむく怒の相なれど同じ貌なし

つり上がる三目(さんもく)は吾が悪行を見透かし叱るか動けずにいる

サロンには太宰語りてとまらぬと聴きたがりがいる　愉しき時間

タクシーに忘れし帽子のんびりと三鷹界隈巡りておらむ

国立博物館

空にらみ歯をくいしばり耐えこらう三彩らくだ四肢どっしりと

全身で怒気を発する鎮墓獣にらむは誰ぞふいにわれをみる

コオロギもゴキブリもいる白亜紀の化石に末の億年ありや

胃の中に食べた小魚ある化石閉じこむも奇跡見いだすも奇跡

越前竹人形

しなやかなひとすじひとすじ竹の技　流るる髪に風の触る聴く

秋晴れの大野城天守の窓に見る白は白山けさのはつゆき

近寄れば競い集まる堀の鯉まるまる太りてパブロフの犬

木の橋の欄干に並ぶ赤とんぼ同じ向きして翅に日を浴ぶ

峡の宿なれぬ下駄音外湯まで星ひとつ飛ぶ漆黒の空

入笠山

ゴンドラの下の急坂九十九折りマウンテンバイクの若者が跳ぶ

落葉松の散りしく林はしんしんと冬を迎える息づかいする

湿原は冬の入り口枯葉色　鹿よけ柵の重き戸を閉ず

草繋る野中に苔むす獣魂碑人はいつでもやさしきものを

諏訪の湖の闇の深きを見下ろして今宵を統べる十三夜の月

山あいの村

ガマズミのひとつひとつの白小花密を楽しむおしゃべり仲間

ほたほたと八重のまま散る桜花観る人なきを嘆いておらむ

藤の花紙面に咲けど「来ないでと」若葉緑の山の遠のく

大樹なす大島桜は葉をひろげ白花も吾も緑に染める

あべ槙の木漏れ日のなか観音は目鼻朽ちれど笑み偲ばるる

萌黄色の折り紙半分貼るような棚田幾重も風あそばせる

栗の木に囲まれている峡の村匂いのしるき雨の水無月

山あいの畑隅白くかすみいる韮の小花に夕日とどまる

第二章　子らの紡ぐメロディー

水引

いのち見つけた

子の手

逆上がり見てと誘いしあどけなき子の手のマメにそつと息吹く

朝ごとにメダカの卵覗く子は黒き目動くに「いのち見つけた」

初時雨に濡れる兎をだきあげて体拭きやる少年濡れて

七たす五　指が足りない先生も手を出してみて　もうわかったよ

「乗れるよ」と高き竹馬見せる子の裸足のすねには青あざ茶あざ

ひとりずつ色合い長さ違えども学級の子らの紡ぐメロディー

宿泊学習・能登

気多大社参拝もせず名も知らずウオークラリーの子ら駆け抜ける

薮に失せしディスクゴルフのフリスビー捜す子の手に蚊の跡三つ

期待こめ子ら黙黙と網をひく　小雨降る浜綱の重きを

地引網黙して雨に小一時間　駄賃はひとり鱚二匹なり

宿泊学習・利賀

百の声を束ねて突きし向かい山ヤッホーのこだま返りて拍手

百瀬川に足赤くして子らさぐり両手で掲ぐ掴みし岩魚

学びの窓

学習発表会

兵十のごん撃ちしとき観客の思いひとつに　一瞬の寂

袴着け武士に変身　大人びしポニーテールの少女りりしき

八百の全校の声手に集め指揮する彰男のまみの清しき

短歌学習

啄木も万智もあき子も細切れに子らはさばきて言葉と遊ぶ

紙なぞるわずか五ミリの芯の先はたと止まりし昌代の思考

声ならぬ声の聞こえて二十五首　子ら指折りてぶつぶつぶつぶつと

立山登山

水筒の水のみ干して登る子に雪解け水のちろちろ流る

かまきりの子の群るるごと百名の黄帽子めざす立山雄山

山頂の四百円の水を買い飲まず土産の子に油照り

薄雲に鴇色透きし夕つ日のいま沈まんとその朱を増せり

雲海に沈む夕日を眺めんと並びし子らのシルエット愛し

戦のまなび

原爆もヒトラーの名も知らぬ子と戦争学ぶ十二月八日

戦死者は六十年間一人もなし　子に読み聞かす「かわいそうなぞう」

「語れない」「思い出せない」と聞き取りを拒まれし子の戦のまなび

「じいちゃんが父さんに聞いた」と子の語る満州・疎開とおき戦世

陽の匂いさせて戻りし冬の子らグラウンドに雪のかけらも無くて

初夏の風

陽当りの木に風の子は集まれど校舎の陰に一人いる子も

わけありてそれぞれの窓閉まるごと父母の名簿に空白いくつ

シングルの名簿の語ることわけは違(たが)えど重き十歳の背(せな)

新学期のふくらむ日記と日焼け顔　姓の変わりし子のかげうすき

きらちゃんのちょっと尖りし唇の最期の声はあすのやくそく

黄帽子とまだ新しきクレヨンを納めし柩に降る初夏の風

立山登山

下山する子の肩にぽとり雨の粒　雨具を待てず音立てて打つ

黄帽子をはみ出す髪の雨に濡れ「楽しい」と子ら互いに笑う

服濡らし冷たき重き靴引きて黙して歩む子羊の列

風の径

プチトマト数を記す子の宝物ひと粒そっと手にのせくれる

颯爽と吾を追い越して走る子は丈も追い越す夏休み明け

「友達も先生も好き」と子は言えど朝の七時は呪縛の頭痛

監督の叱咤にグラウンドの時止まり直立不動の少年野球

自転車の校外学習の子の列を氷雨のつぶて音立つるやに打つ

庄川の風に煽られ雪しまき少年の漕ぐペダル重たげ

欠席の縦横斜めとつながりてインフルエンザのジグソーパズル

少年のうつむき刻む消しゴムはこらえし涙の粒となりたり

自閉児の描く絵をのぞくダウンの子二人に流るる〈時〉のやさしさ

黙黙とお椀の型の雪ならベダウンの子の刻（とき）穏やかに晴れ

担任へ別れの手紙読む声の突然途切れ子は大泣きす

さらさらと点字読む子の指の先瞬時ためらい風の径（みち）さぐる

「スキー服無いから休む」と子の言うと女教師ほつり雪につぶやく

スキー服に「お古でごめん」の札付けて袋の三つ職場に並ぶ

鬼やらい面に隠れたわが裡は子らには内緒鬼の形相

黒板の卒業までの日数は職退くまでと重なりて減る

「おはよう」と明るい声して卒業の子は学生服にはにかみて立つ

軽やかに職退く校長春風に歩みて行けり空カバン提げ

野山を駈ける

漢字百列

先生の遊びごころか花マルに茎あり葉ありプリントに咲く

叱られて貝となる子らつつきあい口を開けば群れなす雀

すり減って芯の見えない鉛筆に漢字百列いちずに子は書く

ちゅうちょする子を置き去りに入場す　入学式が最初の関門

指を折り書いては消して宙にらむ六年生の短歌教室

山の教室

学校に行かぬ子行けぬ子ひとしれず己を責めるか冥き眼鋭き眼

笑顔して近寄る吾を怪しみて子の瞳(め)が探る敵か味方か

ほととぎす啼く校庭の片隅に少女ひざ抱きふいに石となる

本読みも字を書くときも座れぬ子将棋指すとき苦もなく正座す

「ありがとう」母に告ぐやにささやいて登校できぬ子弁当開く

「遅れるよ」時計一瞥「あと二分」計算を解き子はバスを追う

隠沼(こもりぬ)に牛蛙なき「見つける」と少年飛び出す山の教室

翅二枚のこし完食　かまきりの真昼の無情あかず子は見る

かまきりに喰われしとんぼのしっぽ落ち籠の底にてもぞもぞ動く

今ごろは国語の時間　網をもち子とかまきりを捜すも日課

かまきりの逆立ちをしてこすもすに卵を産むを少年と見き

色のこる枯れあじさいの大き毬かおと比べて少年は笑む

競うやに鶯と雉の啼くあした　学校行けぬ子もきょう新学期

鋭き声に雉なけど子は名を知らず山の教室一年を過ぐ

サバンナの風

学校に行けぬ少年弾くピアノ今日は激しく野山を駈ける

キリン折りゾウの鼻高く折りあげてサバンナの風　少年は聴く

第三章

薫風へ発つ

シロバナタテヤマリンドウ

家族の年輪

形見の時計

「不手際」と婦長わびれど澱溶けぬ看取れずに逝きし母は戻らず

現世（ここ）に居る証はなけれど仏前の形見の時計ときを刻みぬ

階下にて母の起きたる気配して目覚めれば雪　母すでに亡き

強霜に登山の夫を見送ればザックにかすかな母の鈴の音ね

「ばあちゃんも」花見をさせむと吾娘の持つ母の遺影に花びらの散る

合格点くれるだろうか　亡き母を真似たる梅漬け指朱く染む

吾娘呼べどコール音のみ続く夜　にわかに奥歯きりりと痛む

煮え切らぬ宇宙人との応答に子離れは今と薫風へ発つ

滞在がわずか三日の帰省子と語る夜空の夏の大三角

星飛ぶと子のさす空の明るみて胸の槢火の曙となる

金婚の父母と酌み交う祝い酒銀婚の夫に白き髪あり

自らの杖妻に貸し腰かがめ歩調あわせる夫婦の年輪

一夜にて十センチ積もりし名残雪ついと手を伸べ支えあう父母

一人の雛の宴

娘の転勤北海道と聞きしより天気予報はマイナス気温

ツグミ二羽櫨（はぜ）つんつんと啄むを夫と眺めて静かに暮るる

進学の決まりし夜に膝そろえオヤジタノムと青年の顔

おずおずと吾も遊学をと頼む次女　本を見しまま夫のうなずく

三人の子の地はどれも日帰りと夫ののんびりと　吾は地図たどる

来年は一人の雛の宴かと包(くる)む手を止め黒髪を撫づ

雪吊を解く夫と子のはずむ声　山への異動を告げあぐむ午後

父さんの食事が不安と言いし子に今宵の夫は中華の達人

霧の平村転勤

吾子連れてスキーに来た日の声がする　スキー場過ぎ職場へ急ぐ

庄川の谷風に舞う花吹雪乾きし胸に音なく流るる

こきりこの時報流るる庄川の峪の碧きを岩燕飛ぶ

夕暮れていちご畑のスプリンクラー羽広げ舞い夕鶴となる

庄川の水面より立つ夕霧の深まりて村ほのかな墨絵

五箇山の田の薄氷(うすらい)は陽をこばみ空を映せる一枚鏡

明け初むる雪山の上の月冴ゆる電光掲示マイナス七度

対抗の車のライトに坂の道黒く陰りて滑る鏡面

肩こりと腰痛つれて帰宅する吾を待つ夫の湯気たつ料理

近づきてやがて消えゆく寒柝（かんたく）は夫を想わす雪深き寮

「こきりことスキーの村にはまっています」書いた賀状に嘘はなけれど

子らの顔とマイナス五度の雪道を秤にかける異動の季節

生家燃ゆ

濡れ畳に積もる壁つち消防士が土足で踏むはわが育ちたる部屋

あれが九谷これが漆と父指せど一夜明けても蔵くすぶりて

焼け残る母の箪笥にわが子らの新聞切り抜き古びてありぬ

叱られて閉じ込められし蔵も燃え白き傷負い床柱立つ

八十の父の想いは何処ゆく梅伐る朝の煙草のけむり

二百年実をつけし庭の杏梅　伐り口朱く忿怒の色す

父逝く

「剱岳クッキリミユ」と闘病のメモに遺して寒明けに逝く

遺されし抜け毛あまたの冬帽子　夜ごとの熱と薬に耐へて

めざす港

おみくじの「転居良からず」にUターン迷ふか凍てし娘の顔翳る

突然の帰省のわけを言わぬ娘のピエロの笑顔にだまされてみる

脱皮する蝶のごとくに成人の晴れ着脱ぎ捨て娘は飛び立ちし

父さんが一番だったボーリング拍手と笑いを置いて子ら発つ

雪原に波打つように黄砂降る兎と並ぶわれの足跡

元気だと電話した娘はその後でメールに残す転勤の文字

真夜二時に出口の見えぬ娘のメール今から眠るかそれとも起きたか

立山より吹雪始まると夫の声　桜ほころぶうららかな午後

娘はやっとめざす港を見つけたか置き手紙して暁に発つ

アパートの窓より高山山車（だし）見ゆとう　引越しの荷に娘は囲まれて

日盛りは踏みこまずいる二階部屋の風鈴夜半を幽かに鳴りぬ

今ごろは薬師(やくし)岳への道登るらむ　そぼ降る雨に木の震え聴く

吹雪とう立山の夫の声遠し　植田の苗にふるふると風

雲ひくく青の断片(かけら)も見えぬ鬱「立山は晴れ」と夫よりメール

浅緑さみどり萌黄はるいろを詰めて蕗の薹無人売り場に

炬火

満開の桜

口ついて棘の言葉の漏れぬようパソコンにらみ意味なき文字打つ

幼文字の「とらないで」とう願い札木苺の実の黄色の誘惑

足袋裏の親指三度すり減らし獅子の踊り子初日を終えぬ

球場の声のきこえぬ炎天に野球少年は駐車の案内

夕暮れの広場にひとり消防士直立不動ダッシュの反復

雨上がり稲穂かすめる夏燕　集団登山に発つ処暑のあさ

通勤の途中にバス待つダウンの子知らない子だけど互いに手を振る

事故・誤爆人を殺めるお墨付き誰ももたぬに死者の数増す

ポスターの「憲法九条今こそ旬」ためらうなの声わんわん起きる

一家五人無理心中のニュース消え満開の桜画面に溢る

逞しき体もちたるわだつみの像　憂い・悔しさ　物言えぬ顔

ハリケーンは等しく襲えど富む国の被災者なぜか貧しき人々

面接の口惜しき問いに怒る子もニートと括る六十四万人（ろくじゅうよまん）

迷い来したんぽぽ一つ眩しくて残して終えぬ庭の草取り

頭上げおのが行く手の炬火となりひまわりの立つ雨激しきに

眠れぬ夜

物言わぬ案山子になると決めた日は言の葉裏の貌の見えくる

秩序など自ずと生るる群雀伸びて捻りて蒼空自在

手術せし右目の見しもの虚ならば両目で見しは夢幻の世界

蜘蛛いでて四人で見つむる病室の窓辺静かに夏の日暮るる

薄明をかなかなの声透きとおる眠れぬ夜へ朝の来たりて

踏切に黄の傘の子ら連なりて一両電車は時雨るるを行く

やっこ凧にしめ飾りまで百円の日本の正月メイドインチャイナ

良寛と鹿の置物無造作に銅器工場のほこりに座せり

大樹たつ若草の丘の絵手紙にうつ病みし友は風を遊ばす

秋を惜しむ

雨を聴く

案内の無きに座敷へ初つばめ遺影にあいさつ交わして帰る

石蕗の花・杜鵑草さく実家（さと）の庭父亡き秋を惜しみ佇む

季（とき）を過ぎ訪う人のなき公園に桔梗・白萩秋を咲き継ぐ

亡き父の喪中はがきを書き居るに届くも多しまた秋が逝く

亡き父は剱岳（やま）美しと書き遺す　今しも夕日金色（きん）に縁取る

日に壊れ時に結びし母の記憶カレンダー指し誕生日と言う

亡き父が妻いとおしと招きしか父の正忌にまほらに旅立つ

子や孫の折り紙に書くメッセージ柩の中の鶴の悲しも

遺されし写真の母はどれもみな笑みし母なり語る母なり

黄の傘の子らに混じりて雨を聴く　傘忘れし日届けし母よ

陽炎の立つ

竹林に風の渡りてうぐいすをうながすごとく光の遊ぶ

グラウンドのブランコの影濃くなりて初夏に移ろう陽炎の立つ

仏間まで金柑を煮る甘き香す　久方ぶりに訪う娘を待てり

ふるふると静かに沁みる音ありて部屋隅にいて膝抱え聴く

浴室の明かり取り換え曝されるカビと汚れと身の裡の澱

舞い上がりしばしとどまり急降下　胸の奥処（おくど）は雲雀の一日

独り居の窓打つ雨の音を聴く身の裡深くほろほろと降る

言い訳の溢（こぼ）れるごとき一葉来て友は来たらず　明日も晴れる

腹見せて厨の窓につく守宮逡巡あるか首傾げおり

枝の霜

天と地の阿吽の呼吸みだれしか雪霏霏と降り仰ぐ天なし

踏切をラッセル車のごと通り過ぎ遮断機上がれど雪塊の山

竿に並ぶあまたのしずく朝の日に一つ射られて黄金(きん)に耀く

遅れしと詫びる列車のアナウンス青年らしき純なるひびき

枝の霜をひとしずくずつ音に換え過ぎてゆくらし春色の風

退職の花束のバラは日を追うて馴れよ馴じめよ振り向くなと咲く

拡幅を終えし歩道に身を寄せて赤きポストと電柱の立つ

風鈴を包む反古紙の墨文字に祖父の端坐の涼し背の見ゆ

縄文の音

手びねりの笛焼きあげてほうほうと薄暮に溶ける縄文の音

文様のしっくり嵌りあたたかし文字なき縄文土器と語りぬ

土器ひねる手指の乾く夏はじめ刻む縄目の翳るたそがれ

五千年経し土器へりに精巧な蝮の飾り鎌首もたぐ

滾るごと土器の火焔に思いこめ証を遺す縄文の女

火焔土器にいのちの証(あかし)綴じこめる　縄文人(びと)の技は細やか

目出し帽かぶり熾火(おきび)に土器を置く縄文の夢を焔にゆだね

鋭き音に底はじけとぶ野焼き土器炎の砕く縄文への夢

消し炭にザンブと撒きし水沸きて残滓ふつふつ地獄のごとし

背(せな)のそり腰のくびれはジャコメッティ　土偶の少女は刻(とき)拒み立つ

ゆらめく

乾きたる庭に一輪母植えし百合の花咲く母の忌日に

朝ごとに座して見送る翁あり今朝は夏風椅子なでて過ぐ

踏み込めば糸とんぼたつ裏の池かくれんぼうの声はゆらめく

夕顔の酷暑の夏に咲かずして夕べの一つ闇にさだまる

和やかに手を振った顔は変わるだろう見えなくなった電車の中で

立山の白く穏しき山襞の夕つ日に染むをただ二人見き

春待つ芽

平小学校閉校

式場を校旗出るまで振り向きて子らは見つめるじっと見守る

「おっ先に」とスキーに滑る一年（いちねん）生の面影うかぶ青年の顔

近寄りて村の介護士ほほ笑むはこきりこ教えてくれし少年

縄文ビーナス

ふくらみと精緻な反りの土器いくつ真似にもならずひねる指乾く

上縁に七つの波の連なりぬ縄文にありやラッキーセブン

七本の模様きりりと納まりぬ分度器・ろくろ無きに職人

華麗なる文様きざむ耳飾り　縄文人は水鏡見しか

土をこね横のフォルムの美を求め磨きし土偶に時空なぞあらず

滑らかに磨かれた尻でっぷりと　触れてみたきは縄文ビーナス

悪い子おらず

難しい「自己犠牲」などふっとばし子はアンパンマンの明るさが好き

対決のバイキンマンもドキンちゃんも愛くるしくて悪い子おらず

多聞天に踏まれる邪鬼の無精ひげ訴える目におかしみ滲む

散歩には少し欠けたる月がよし穏しき明かりに声かけ違(たが)う

すずなりの柿の重みに枝しだれ冬田の一本かがり火と立つ

ささがきの牛蒡の水に茶の深む吾があくもまた晒し抜きたし

父母の闇

若者の殺めしニュース重なりぬその父母(ちちはは)の闇底知れず

炎暑なかデモの掲げるビラの書は九十五歳兜太の怒り

カーラジオの「黙祷」の声に路傍よせ不戦を誓う　八時十五分

百年が九十七回の理由(わけ)せつせつと大会長は球児に語る

玻璃越しに花水木見ゆ初御空ふるえる枝に春待つ芽あり

ニュースには野球選手のチョコの数　国会審議の目をくらませる

間延びしてオルゴール鳴る雛納めふいに障子の白の際立つ

母の日々

若くして寡婦となりたる母の日々姉三人に聴く夫正座す

父の顔知らず生まれし夫ならば母の笑顔の哀しみ解(かい)す

見舞うたび穏しく眠る叔母なれどオーダー服の技もつ職人

祭りの夜植木屋のぞき品定め裸電球に亡き父の影

殴打され鴉は白と言いし父　戦の記憶あわあわ風化す

酒が好き話が好きな好々爺　父の語らぬ空白の日日

幾たびも手偏人偏書いて消す漢字一字を海馬に捜す

迷い来て角を曲がれば白ピンク山裾までの花水木の街

父と子の予定の合わぬ食卓にピザ焼けるまでむかしの時間

描かれし秋の草花・芥子の花　ほっと見ている小さなグラス

季を過ぎて売り場の隅のおじぎ草へ風は呼びかけ淡紅咲かす

九時までの観覧車の灯五時に消ゆ賑わいひととき闇のしかかる

凍てし夜を経てハイビスカスは居間に咲く陽の色ひとつに窓辺明るむ

「肩まで」と空耳に母　湯にしずみ百まで数う初雪の夜

又ひとつ替えて心を鎮めんと手のひらに書く怒ると恕(ゆる)す

ペンギンの列

卓球の少女一戦勝つごとに負けん気みなぎる面立ちとなる

制服の男子生徒はスマホみてうつむき歩むペンギンの列

白淡く溶ける水色春の空畔を歩みてマフラーを解く

目に見えず匂いも無くて音も無き得体しれぬがじわり蝕む

原発のメルトダウンは八八八時間人住めぬ地へはてなき戦い

反戦のたいまつ掲げ「むのたけじ」百一歳逝く　野に火は消えず

春空へ枝さし伸ばす白梅の下にほつほつ蕗の薹のかお

秋の明るむ

朝まだきふくらみほどく大賀ハス天女の雅楽芯より沸くか

山門に天女六体描かれて平和を祈り千年奏でる

午後八時月齢三のオレンジの天使の爪は山の端に入る

断つべきを断てぬ己を見つめおり眠れぬ夜に白き満月

菊の花剪るかたわらに菜の花の一本咲きて秋の明るむ

外灯の消しわすれかと戸を開けば雲なき藍の空の名月

食卓の夫婦の会話はひとり言過ぎゆく列車の余韻のように

かぶら鮨の甘味歯ごたえ姉の味婚家になじみし年月の味

雪のなきゲレンデ眺め少年はため息ひとつホテルの窓に

コート着てペンギン散歩の供をする少年頬を赤くして笑む

鵲の来て夫は吾（あ）をよび鵯きて吾（われ）は夫よぶ冬日の庭に

寒晴れの雪の二上山（ふたがみ）プチラッシュ追われて避けて辿る踏み跡

捨てられし鉢に名もなき芽の萌（きざ）す春をつれくるひかり如月

祈りの手

雪投げて赤き幼の手をさすり保育士祈りの手に包みこむ

園庭に太陽色のクロッカスしゃがんで子と見るあたたかきとき

守るやに六年目の夕暮れんとす　鴇色の雲・白き満月（3・11）

春の歌唄いたいだろう　冬眠のピアノ起こして空へドレミファ

一つずつおはじき載るやに花水木堅き花芽にわずか紅さす

三匹の大熊子熊の並び寝る枕辺のリュック雨の日曜日(にちょう)

軒下にホテイアオイの六弁花すみれ色清(す)む今朝のスタート

台風の雨激しきに蟬の声限りある日を啼き尽くし果つ

力込め葉蘭に爪たつ空蝉は背(せな)に哀しみ宿しとどまる

娘の思慕

娘の思慕はわれには推(はか)れぬ　亡き母に誕生日の花今年も届く

帰省の子居間のソファーに昼寝するこころとかれて盆の十五日

風鈴の虚ろなる音のいつしらに稲穂の風に白く高鳴る

ふらり来て子は語らずに三日いて靴紐固く締めて旅立つ

「ひと眠りすれば」と夫は言いて寝る　絵本読みつつ遅き娘を待つ

よれよれにねぐらへ帰る小鳥待つ寝るためだけに帰る小鳥を

片月見避けよとよびあい娘と夫と藍ふかき空の後の月あおぐ

空を掃く

球場に日本列島平穏とホームラン祝す花火響もす

おはじきを散りばめたよな新宿の花火眼下に富士八合目

箏にのりアルトの渦の迫りあがる切なく激し登美子の恋慕

誦してなお短歌（うた）の情念増幅す千恵子熱唱登美子の恋歌

「痩男」の頬にあわれと口の端に哀しと拝む「あき子」奉納面

左右から重機二台は打ち毀す町の歯科医院に後継者なく

シュレッダーに個人情報消えゆけどパソコン内部に秘密残して

地下深く埋められし物あばくやに庭の一隅血の曼殊沙華

願い札下げし風鈴ゆれもせず駅コンコース猛暑をしのぐ

霧のぼる時雨の山はけむれどもダム湖の深き碧動かず

けやき裸木の逆さの箒が空を掃く冬支度せよとせかす声する

名古屋よりスーパームーンと子のメールあわて仰ぐにかくす薄雲

岩肌のでこぼこのまま雪いだき剱岳(つるぎ)は蒼に白き陰影

車避けちらつく雪にせわしなく鶺鴒走る駐車の陰へ

迷いなく癒えしメジロは掌より翔つ待つものあるや縹の空へ

震災の空もこの空　猫柳の陽のあたる紅(あか)の片方(かたえ)は鈍色

連休は登山計画中止して災害ボラに夫行くという

春を急かせる

踏切をコンテナ貨物の列（つら）ねゆく引っ越しシーズン春を急かせる

「できました」「取り出しＯＫ」つぎつぎと電子音せかす朝の厨に

骨折の術後の素足で踏む畳ひんやりじんわり力の兆す

夕暮れの帰路にほんのり姫こぶし職場の澱のゆるりと溶ける

入学を祝う自転車入荷せず店主のためいき空に銀輪

手をつなぐ姉妹の雪形くっきりと合掌の里に春の音信

泡立てる洗顔フォームにゆっくりと洗う足指　明日旅に発つ

第四章　ひかりの春

チングルマ

ひかる和毛

夜のあかり

遠回りなれど生家の前とおる父母（ちちはは）逝くも冬の夜のあかり

待合室の大人は見いる大相撲　幼はゆびさすからくり時計

爪立てて五合の米研ぐ凍てし夜ふいに独りの友の食（しょく）うかぶ

ひと晩に田は白き原悠然とわたる雄雉　雪ひと休み

高熱に口の語るに任せると高座つとめる志の輔の意地

徘徊のような話も落ちがつき名人芸と拍手響もす

子がふたりただ駆けている新雪に童心という足跡のこる

石斧にて時かけ削りし丸木舟さざ波の雲は天高く招く

ホーホホケ新米うぐいすがんばれよ　声かけ職場の扉をあける

はぐれたか夕暮れの沼に鷺一羽白鳥のごと首伸ばし佇つ

握りしめるメモ確かめて少年は一人旅らし無人駅降りる

寄り添うて眠る五匹をたんねんに舐める母猫和毛(にこげ)がひかる

杯を掲げる

春まだき鋭くとがる菊の芽に宿る力は冬押しのける

踏切に長くながく待ち二輌電車　瞬に過ぎれば菜の花明かし

もらさずにひかりの春を受けんとて花水木の苞は杯を掲げる

夜半よりの卯月の雪のはりつきて河津桜の色を奪えり

谷うめる朝の棚田は水張られ田毎の空に早苗を揺らす

やわらかき新芽の萌ゆる柿畑にもみじの若葉あかあかと燃ゆ

樹木なき広き空間千体の水子地蔵に風吹き下ろす

嫁入りの箪笥になると植えし桐　下駄にもならず咲かす紫

ひつじ田を絵の具の筆はうすくはき鳶色棚田はふたたびの青

平坦な道のなしとは思えども子育ての坂石塊(いしくれ)多し

記念日の夫婦茶碗のひとつ欠けかわり添わすも落ちつかぬ朝

昇る日

分かれ目

山の端をしののめ色に染めあげてゆらり昇る日　病窓に見つ

塗りこめし灰色の空を病窓にあおげば風に揺るる日の光（かげ）

繰り返し翁の語る思い出に青年介護士「ほおぉ」の間の手

豪雨去り隠沼（こもりぬ）にひそむ牛蛙青葉しずくにこの世を哭くや

きのうまでなかった札は売り物件ままごとかるた遊んだ友の家

運転手はミラーに鋭き目　乗り込みしマスクせぬ客ちらり見て発つ

そっと指す一手が分かれ目聡太棋聖かたわらのお茶に目をそらし飲む

雪吊り

障子貼り子らを待ちいる冬座敷はりつめし白を夕日の染める

雪の降るけはいをふふむ夕あかね夫の雪吊り綱ゆるみなし

野地蔵の巡りの草を刈る夫の終わるを待ちてざんざ雨ふる

さみどりの野萱草土手に若菜つむあさげの小鉢にやわらかく春

あたらしき職場に向かう娘の髪の白き幾筋見つつ見送る

稲を伏す驟雨のやみてオニヤンマあおぞら自在天にとどまる

雀群れ尾長追いたて斑鳩鳴く外出自粛の庭のにぎわい

行けるのか帰れるのかと地図辿りスペインの空娘の旅を追う

草の香と汗の匂いをないまぜて山小屋整備の夫帰りくる

黄味帯びし梅の和毛(にこげ)を滴れる露もろともに香を摘みており

入館者0と記して雨を聴く　縄文土器のほのかなぬくみ

あとがき

これまでの歌を見つめ直してみたいと思っていたところ「現代・北陸歌人選集」のお話を頂き、平成十五年ころからの歌、五千首余から五百首余を選びました。

初期の歌は、歌と言うよりむしろ日記のようですが、自分の歩んできた日々であり紛れもなく私自身だと思い、これらを抜きには自分の歌集は無いと載せることにしました。実家の火事や家族を失ったとき、気持ちを言葉に表現し遺しておける短歌があってよかったと思いました。

美しい景に出会ったときや心に響く感動的な場面、心が折れそうなときなど、言葉に表し遺したいと詠んできました。

夫と共に各地を訪ねた山・旅の「山靴のうた」。教職にあったとき、そして今も関わっている子どもたちとの「子らの紡ぐメロディー」。家族や日常のつぶやきを詠んだ「薫風へ発つ」「ひかりの春」。まとめていると歌が心に寄り添って支えてくれていたと実感しました。

タイトルは、「雨の音　風の声」としました。野仏に降る雨の音風の音、部屋隅で聴く雨の音など、そして春を告げる風、青田を渡る風、青葉の森に分け入って聴く風、秋の訪れを知らせる風など多くの風の声に耳を傾けてきました。
　短歌という表現形式に出会い本当によかったと思っています。これからはより深くより言葉のもつ重みと表現を考えながら、詠むことの愉しさを感じていきたいと思います。
　短歌を学び始めてから今までずっと温かく励まし見守ってくださっている、米田憲三先生には作品の見直し、配置、歌集の構成等について、ご多忙の中、親身なるご指導を頂きました。さらに序文まで頂き、厚くお礼を申し上げます。
　能登印刷出版部の奥平三之様には細部に至るご助言と万端のお世話を頂き感謝しております。
　これまで歌を詠み続けてこられましたのは「原型富山」「短歌時代社」の歌の仲間の皆様の温かい励ましのおかげです。お礼申し上げます。
　見守ってくれている家族にも感謝しています。

　二〇二一年九月　　　　　　　　　　　　　　渋谷代志枝

渋谷代志枝　しぶやよしえ

一九四九年　富山県小矢部市生まれ
一九七二年　金沢大学教育学部卒業
一九八二年　北陸児童文学協会（つのぶえ）入会
一九八七年　「風」句会入会（二〇一七年退会）
一九九五年　「原型富山」入会　短歌を始める
二〇〇三年　「原型」会員となる
二〇一四年　「短歌時代社」入会
富山県歌人連盟理事
日本歌人クラブ会員

現住所　〒932-0022　富山県小矢部市桜町241

イワギキョウ

現代・北陸歌人選集
渋谷代志枝歌集「雨の音　風の声」

二〇二一年一〇月二六日発行

著　者　渋谷代志枝
監　修　「現代・北陸歌人選集」監修委員会
市村善郎、上田善朗、尾沢清量
児玉普定、陶山弘一、田中　譲
橋本　忠、久泉迪雄、古谷尚子
米田憲三　（五十音順）
発行者　能登健太朗
発行所　能登印刷出版部
〒九二〇－〇八五五　金沢市武蔵町七－一〇
ＴＥＬ　〇七六－二二二－四五九五
編　集　能登印刷出版部・奥平三之
印刷所　能登印刷株式会社

ISBN978-4-89010-793-3